北大路 翼

見えない傷

hidden damage

Kitaoji Tsubasa

春陽堂書店

見えない傷　北大路翼

目次

Ⅰ

装丁　内川たくや
写真　秋澤玲央

見えない傷

北大路翼

あとがき

　久しぶりに自分の俳句と向き合つた。

『時の瘡蓋』のあとは、編著やら入門書やらエッセイやら俳句関係の仕事をやらせてもらつてゐたが、自句を見直す時間がほとんどなかつた。余裕ととるか怠慢ととるか難しいが、やはり怠慢なんだと思ふ。何より句作のペースが落ちてゐるのが致命的だ。僕のやうな劣等生は、ボリュームで圧倒するしか己を誇示できない。このままではこの句集が最後の句集になるかも知れない。

　とにかく日常がつまらない。中年を過ぎると人間の嫌なところばかり見えてきて、同じ人間として生きてゐることが恥づかしくなる。金や権力に心を奪はれた塊を人間と呼ぶのもおぞましい。政治を批判する人たちも、今の政治の汚さはわれわれ「人間」の汚さの集合体であることを理解すべきだ。他人の所為にしないで己の醜さを認めなくてはならない。

それでも俳句を続けてゐるのはなぜだらうか。

創作とは、生を描くのではなく、死を描くことではないかと近頃思ひ始めた。

死が恐ろしいのは、死後のことを誰も教へてくれないからだ。その意味で死を語らうとすることは創作である。後ろ向きに見える句が増えたが、気持ちは前を向いてゐる。積極的な死への参加だ。死と仲良くなることと換言してもいい。

旅行詠には前書きをつけた。今までの句集には敢へてつけなかつたが、すべての土地に感謝の気持ちが強くなつてきた。別れの挨拶である。これも死への準備だ。

できるだけ勝手に生きて勝手に死にたい。そのためには嫁も子供も要らない。よろこびもかなしみもせず、一人でのんびりと死ねたら最高だと思ふ。仲間は大事だけれど。

僕がいつどのやうに死んでも、きつと納得して死んでますから騒がないで下さい。たまに思ひだしたら、この本をまた読んでもらへれば……

＊

あとから書けば一応「あとがき」だ。どこに載せてもいいと思ふ。巻頭あとがきとでもシャレようか。先に載せたのは、悶々とした気持を共有しながらこの本を読んでもらひたいからだ。言訳のやうだが、言訳が好きな日本人らしくていいでせう。メチャクチャな国なつてしまつたが、それでも日本を愛してゐる。僕はこの国で生まれこの国で死ぬしかない。

どこかで咳の聞こえる夜に

北大路 翼

I

二〇一七年

ふらふらと

期待しすぎても絶望しすぎてもいけない。

手触りが今年の髭になつてくる

五時でもう真つ暗年賀状の来ず

刃物みな淑気に満ちて台所

性的な初夢男だらけなり

初売の瞬きできぬマネキンよ

座布団の下で破魔矢が曲がつてゐた

ゴミ捨場飛び出してゐる破魔矢かな

もう誰もゐない成人式の友

喰積や人来るたびに箸出して

重箱の隅でちよろぎのふてくされ

殺伐と突つかれてゐるお節かな

春場所の尻のニキビが目の如し

靴下の生乾きなる初出社

責任と忍耐冬木折れやすく

餅つき大会疎まれがちな役

足元に灯るヒーターレジを打つ

外れ馬券この冬一番の寒さ

寝室の時計が氷り出してゐる

リムジンが曲がれぬ垣根の落葉焚き

陽のあたる場所に片手袋置かれ

蒲団から進化の途中のやうに出る

手袋で拭いて缶コーヒー熱し

バーに来てしばらくうるさい寒がり屋

風邪心地枕の下に手をいれて

移動中だからせつかく火事なのに

焼芋屋全部が根性だとしたら

皹の手がぐしやぐしやの札握る

白息やパンク修理を手伝つて

着膨れの中に肩凝りしまひたる

一月の茶碗の中の山河かな

よく晴れて風の鋭き大試験

タバスコのやうな入学試験官

髪型の何度も変はる受験票

ゴム切れし鬼のお面が置いてある

春立つや天玉うどんの玉の照り

落葉掃く句碑に落葉を寄せながら

然る方に尋ねてみれば臥竜梅

暖房をつけつぱなしで里親に

鮟鱇の身を切るやうな過去の恋

スプリングハズカム逆流性食道炎

エレベーターで傘を畳みて納税期

遠足のプリント誰かもつてない

春の日の顔の大きい漫才師
飛行機の大きな死骸山笑ふ
神経が壊れて涙あたたかし
うららかや会社に行けるほどの風邪
陽春の混沌としておもちゃ箱
灯を消せば浅蜊潮ふく厨かな
野焼き二回と錬金術で見たことが

寝室に灰皿のある春の宵

春筍のうつちやつてある靴の上

三月や咄嗟に名乗りたる偽名

桃の花こぼれてゐたる名刺受

雪下ろし名人全治三ヶ月

こちこちとふぐりぶつけて猫の恋

くるぶしは痛みの宝庫冴返る

三・一一座布団全部持つてつて

海市立つ流木踏めば骨の音

河津町

湯煙は常に流れて寒桜

犬ふぐり観光客が多過ぎる

早桜伊豆七島が全て見ゆ

紅梅に鳥がきてゐる無人駅

春の漁村随分のんびりしてやがる

眠たさに眼鏡が曇る風邪薬
冴返るタバコで穴のあいたシャツ
会はないと忘れてしまふ春の雨
そつとしておけあの人のニット帽
浅蜊のパック丁寧に突き破る
庭のある家に住みたし啓蟄の
新学期画鋲の穴にまた画鋲

捨てるまで大事にさるる桜貝

もう一度キスしてダイヤ改訂期

問診に嘘少しまぜ春の昼

合格の笑顔が長く続かない

入社直前カレーうどんに汗かいて

キャプションが「アスパラガスの最盛期」

獣姦の噂の村や水温む

悼む渡辺隆夫

貰ひ煙草もこんな霞の鎌倉で

海苔篊やぺるりは怖い人だつた

コンタクトレンズを落す春の水

桜海老誰の手足かわからない

ぶらんこを見て欲しくつて雨の日も

春の風邪底の見えないヨーグルト

軒下で犯され猫に産まれ来る

見送りしあとの余白を花流れ

蝶一頭店の近くでタタキあり

石鹸玉祈る言葉がつぎつぎと

電池切れランプが光る浅蜊の夜

春爛漫眠り続けて石の神

痛風

日にあててさみしき患部落花来る

尿酸結晶田鼠化して鶉となる

悶絶は一人の遊び風車

俯いてゐたなあ入学式の僕

突き刺して捨つる楊枝や花見酒

釣堀の落花をたまに掬ひに来る

学ぶ世に生まれ怠り春深し

寝る前のいくつかのこと春愁ひ

ぽかぽかもぱかぱかも春長ける音

花びらが食へるとしたら鳩肥る

春巻の断面よぎる蝶の影

春障子あちらこちらにある不安

亀といふ眠りを飼ひて春の夜

亀鳴くやマッサージ後の揉みかへし

自動ドア反応しない穀雨かな

ブロッコリー緑の粒の謀

キッチンの小さな時計春の雷

蛍烏賊今夜は俺が奢る番

本棚の裏で縮んでゐる風船

黒髪を海に溶かして海女沈む

花疲れ母親ばかり集まつて

かげろひてをり海苔弁の蓋の裏

『時の瘡蓋』上梓

昭和の日至るところにひとの恩

お財布にチェーンをつけてこどもの日

紫陽花とお寺はどこにでもあるな

嵯峨野

山躑躅登つて降りるだけの道

筍のぐさりぐさりと寺の裏

観光地的な値段の生ビール

新緑や船頭に聞く出身地

川で冷やして川よりつめたき瓶ビール

滴りに手を浸しつつ君を呼ぶ

社に戻るソフトクリーム髭につけ

残業の飯買ひに行く夜の緑

社員証首に汗疹が出来るころ

クーラーをつけたまんまで帰つちやへ

母の日を煽るメールが来て不快

噴水の前を動けぬラブレター

腰に手を回し合ひたるまま昼寝

寝顔見る限り正直蚊遣香

緑蔭に準備してあるキスの場所

拗らせ男子

いろいろと好きになるのは仕方ない。

ビアガーデン飛べると思つたことがある

悪口がとまらなくなるだだちや豆

冷房の風手でよけて七味振る

越して来しままに冷蔵庫の上は

出張の前の情事や冷素麵

愛なんて天道虫が翅たたむ

磔の髯裸も暑からむ

Tシャツの柄に育ちの悪さかな

郭公が音声案内通り鳴く

蒲鉾はホットパンツの尻の形

うつ伏せの背中に夏がちょんと乗る

かき氷たぶん虫歯が二本ある

肌荒れが目立つハンモックの昼寝

頬に欲し君の素足の冷たさを

甚兵衛や不意に食ひたくなるラーメン

アイス最中が綺麗に割れたとき破顔

　共謀罪採決強行す

ひまはりに隠れて野糞するやうに

民意とはそしてこの夜の蒸し暑さ

尿道のはじめはスイカの種めくよ

香水を叩き割りたる香にむせぶ

小便器にささつてゐたるサングラス

掌を嫌がつてゐる蝸牛

二度シャワー浴びて自責の念二倍

籐椅子や然る重さの全句集

唇の薄皮剝いて蛍待つ

嫌がりぬ瀕死の金魚突つつけば

紫陽花より楽をしてゐる額紫陽花

濡れてゐるホームの端や手毬花

海からの風に曲りし蚊遣香

晴れた日の傘を留学生に説く

父の日の雨に打たれて馬走る

父の日が過ぎた夜中に起きてくる

ナイターのつけてはすぐに消す点差

桜桃忌橋の上から煙草捨つ

酔うて寝る蛍のことなど思ひつつ

ただ量を減らしただけの夏料理

加工して元気に見せるカブトムシ

合歓の花雨が引つ掻き傷のごと

夏至の雨は泣いてる男の子の匂ひ

ニッポンを助けてあげて夏休み

ひまはりが燃え尽きてゐる実家かな

打ち首が舌出してゐる温暖化

木の匙が不味いスーパーカップかな

夏痩せや嚙めばはみ出る納豆巻き

天瓜粉叩く応援歌のリズム

素麵が疲れの中を茹で上がる

悼む金原まさ子

でで虫が永久の交尾を眼球で

枝豆の誤飲を恐れ祖父離す

旨さうなものの写真や楸邨忌

まぐはひは汗をかくこと楸邨忌

悼むオグリキャップ

馬面の楸邨を追ひオグリの忌

冷やし中華具が別皿で来るタイプ

忽然と正午を告げる胡瓜揉み

夏料理氷が溶け出したので食ふ

苦瓜の表面にまだ時差がある

ユーミンが旧姓でゐる熱帯夜

黒光りしてゐるプール監視員

噴水やクロワッサンのぽろぽろと

ユニクロのTシャツで来る準教授

天国に一番近いビアガーデン

水風呂にいろいろ言ひたいことがある

アロハシャツ貰つた瞬間から似合ふ

冷房が言ふこと聞かぬラブホテル

無くていい希望と夏休みの宿題

汗かいて眼鏡が曇る管理職

全裸で候俺の部屋俺の夜

夏痩せの冷たい麵を辛くして

偏屈の極みの弱冷房車輛

飛騨高山

踝を蟻が登つてくるバス停

城壁を扇子で叩きハイチーズ

とれたての鮎です城主交流会

汗拭いてなかなか始まらないライブ

熱帯夜母校の話になり黙る

満塁で一本出ない暑さかな

まだ汗がとまらぬヒーローインタビュー

手花火やころころ変はる好きな色

クーラーを惜しまず使ふメガバンク

昼寝して勃起が隠しづらいズボン

祝comura個展

纏ふほど白く涼しくなつてくる

もの言はぬ裸身よ太古の風の中

あつけなく朝が来てゐる夏疲れ

二日酔つけつ放しの扇風機

納豆のタレがズキュンと指の傷

八月をぜんぶなかつたことにする

夏負けのふと爪切りに起きてくる

蟻を食ふ島崎君と再開す

熱中症はやく眼鏡をとつてやれ

好きなだけ眠る大人の夏休み

客来ると部屋が片付く金魚玉

同棲や月を見ながら風呂屋まで

棄てて来しふるさと蜩鳴き始む

風鈴と同じ柱で首吊らむ

癒さるる音を求めて夜の海

硝子戸の雫は海で死んだ人

夏痩せて煙草が二本残つてる

胡瓜揉みみんな違つてみんな貧

撮られゐることを知りつつ髪洗ふ

歩くのが遅い日傘を追ひ抜けず

身代はりのやうにアイスの落ちてをり

情熱の衰へ月下美人咲く

ナイターは負けたら行つた意味がない

流星や君の願ひが我が願ひ

残暑なほよく書けてゐるボツ原稿

副作用で菊人形になりました

一進一退案山子自慢のコンテスト

いやな世になつちまつたなチュパカブラ

秋澄むや治療費にするバイト代

自殺特異日味噌ラーメンにバター

てなわけで八月尽の稲荷寿司

終電を逃したやうな梨の皮

石巻

ここまでが津波の高さ秋津群れ

山頂に見ゆる鳥居や蟬残る

流木の重さ失ふ秋の風

カーテンにかなぶんの脚夜涼し

資本とは心の病気あかとんぼ

一人目が割つてしまつた西瓜割

冷えピタをはつてコスモス畑まで

夜長し卵の殻がラーメンに

通り抜けできる神社や虫の闇

ドングリのひとりぽつちをポケットに

はつきりと聴こえてそこには見えぬ虫

病床といへなくもない月明り

ヨガ用の小さきマットや獺祭忌

替玉が数秒で来る獺祭忌

喧嘩して夜食を二人分作る

松茸の話題があまり続かない

どこまでが一つかわからないエノキ

ヒロポンで興すニッポン月天心

僕は君を君は蟹を一生懸命に

新米がやたらと届く編集部

鬱の句の系譜に我も稲の虫

途中下車

旅行行きたいなあと思うたら旅行中だつた。

くるぶしを見せる靴下そぞろ寒

満月に骨蹴飛ばして帰り道

さうなのか昨日のあれが新米か

出汁醤油の最後の一滴まで夜長

家系図を匿してゐたる月明り

キャラ弁のこの蓮根の使命感

月の位置変はつてゐたる風呂上がり

かまつかは塩分取りすぎたる朱色

秋驟雨机の中はみな眠り

秋驟雨弓のポーズで歌集読む

君の旅を邪魔する雨かうそ寒し

いまさらと言ひかけてやめレモン切る

無造作に整つてゐる芒原

意志あればこそ台風の眼と呼ばる

痛風再発

壁伝ひ歩いて夜寒の厠まで

痛風もカレーライスも痛かりき

棒倒し倒したあとに加はりぬ

ジーザスの墓を作りて村は過疎

志ん生に冬が近づくかけうどん

急造の墓めきて来る木の実かな

入水前ちよつと冷てえなと思ふ

ハロウィンの夜八時から打ち合はせ

帰途長し魔女とゾンビに囲まれて

ハロウィンの翌日何に戻らうか

立冬の血を抜いてする検査かな

ロジータ記念

息白く八馬身差を語り合ふ

要人が来てゐるときの静電気

電気毛布は元カノよりもあたたかい

大嶋一也引退

寒風に髭靡かせてインを獲る

悼むジョー樋口

冬に入るカウント二・九九八

ダメージが残る飲み方酉の市

口淫も手首切るのも照れながら

湯冷めしてコンニャクのごと置かれたる

白菜の芯まで煮えて一人きり

髭面の愛嬌ぬつとおでん屋に

歳末のこれぞ粉もの屋のをばさん

死神も貧乏神もマスクして

給料日以外は全部悴んで

手袋のまま乾杯に加はりぬ

凍死者の髭の痛さや吾にも髭

悼む依田明倫

荒れに笑む雪沓の歩を逞しく

吹雪く夜に道をつけゆくその背中

暖冬のコンビニ限定カップ麵

金の減る速さをちこち返り花

わんたんの怠惰を赦す年の暮

毛はいつか白くなるもの日向ぼこ

動かない鴨を見てゐて動かない

高々と掲げる最安値の熊手

ヒーターのシールをはがさない医院

吸殻を雪に埋めつつ救助待つ

はんぺんを雪を見たことない人に

あつたかい電車に乗れる定期券

顔拭けば皺の中まで冷えてをり

再検査

重ね着の検尿コップ持ち歩く

暖房で眠くなりたる止血かな

腹巻きを細くまとめて心電図

この店のかき揚げが好き葱が好き

読み方のわからぬ駅や雪催

落ち葉踏むガードレールを乗り越えて

巻いたまま眠るプレゼントのマフラー

手袋を洗濯に出すタイミング

寝室がまだババロアの冷たさだ

尊大な角度で鍋の葱を切る

歳末や人も銚子も転がつて
寝不足が冬の廊下をすれ違ふ
河豚の死を泳がせてゐる生簀かな
何歳になつても雪は触るもの
雪折れや愛を囁くごとくにて
ちよつとした仕草がすべて雪遊び
晩年はしづかな雪になりたくて

雪達磨うんこをつけられても無言
土も木も黒だと思ふ猛吹雪
見せたいな雪が星座になるところ
とんがりを丸くしまつて雪の山
酢の物が苦手で残す雪の宿
寝たきりのサンタクロースへファンレター
布団から出れないほどのうれし泣き

湯豆腐がただの豆腐のフリをして
枯れ木踏む音で手紙が破かるる
通販で買ふと蜜柑がついてくる
手袋のパーのかたちを残し脱ぐ
見たことがあるかも落椿の絵文字
馬小屋の糞湯気あげてクリスマス
クリスマス五分遅れたから帰る

大晦日ラジオを消せばまた一人

Ⅱ

二〇一八年

海底摸月

せんすべもなくてわらへり青田売　加藤楸邨

本名で一通届く年賀状

買初めの煙草一箱パン一個

姫始めやや乱暴な進め方

初夢の台詞がだいぶ恥づかしい

耳に残る寒さあなたはわかつてない

相槌を家族とすれば寝正月

重ね着の一部をコインロッカーに

露天湯にあつらへ易き寒椿

手袋にやさしい闇が五つある

悼む星野仙一

書初めに今年も打倒巨人軍

胴上げの還らぬ人となりにけり

白息を吹きかけ握る拳かな

七草に時間のごとき塩をふる

さりげなく挿しこむ姫初めの話

悴んで電車が行つたばかりなり

焼きイモがおならになると限らない

シャンプーの冷えを容器に移しをり

冬の蛾の粉になるまで踏まれたる

御祝辞を頼まれながらコート脱ぐ

眠るとは電気消すこと窓凍てて

ヘルニア

大寒や強めの痛み止めと酒

水仙の直線の美しリハビリ日

老人を嫌ふ老人咳一つ

霜に杖ついて駅まで遠くなる

眼をこするシチューの暖に包まれて

腰痛は永久の友かも冬青空

歩の遅き人に枯野の犬吠えて

雪載せて有刺鉄線ひそかなり

雪礫どうした俺に惚れたのか
音源の古き三味線雪止まず
ラグビー部２班にわかれ雪搔きへ
ちやんこ鍋あと一口が食ひ切れぬ
雪折れの木が謝つてゐるやうで
手袋の厚さに食券はりつけて
新幹線ばかりが通過する枯野

闇鍋や遺骨を英語に訳せない

枯枝を踏んで鬼太郎ポストまで

大根も過去もいづれは透き通る

肉じやがが不満をかかへ冷えてゆく

唇の分だけあふれおでん酒

行き止まりすなはち雪の捨てどころ

冬深しうまくあたらぬジェットバス

月蝕を見ることもある雪だるま
アダルトチャットの季語ぢやないマスク
豆撒きをSNSで促がさる
立春の客人茶には手をつけず
紅梅がピンクに見える角度かな
白梅と日向を好み野望なし
有給をしづかに過ごす針供養

春の日に投げ出してゐる腕枕

球拾ひ同士の絆木の芽風

立春大吉唐揚げが似合ふキャラ

富士そばが混み出す時間春遅遅と

蕗の薹牢屋のあとに石積まれ

切れてゐるロープウェイや木の芽風

無季有季おたまじやくしは蛙の子

匿名で届きし手作りチョコレート

臥竜梅老いたる鬼はよく眠り

シャッター商店街菜の花の辛子和

センサーであがる便座や納税期

ぺしやんこのサンドイッチや春の山

春夕焼け泣いてしらけるおままごと

夜の木瓜こどもの下着のやうな色

見てゐると簡単さうな冬季五輪

漫画かよどこ触つても静電気

春遅遅とナポレオンズのタネ明かし

梅園に三千年の時差がある

無防備を貫いてゐる黄水仙

野遊びに引けを取りたる多摩テック

くしやみして折れたるお雛様の首

キン消しで補つてあるお雛様

充電器短し風邪の治りかけ

吊革の丸みを春の夜と思ふ

心配をしたりされたりして朧

うららかやポストに赤を塗り足して

拳銃を持たない国で畑を打つ

雛段に余分なものが置いてある

頑固さは浅蜊の中に残る砂

三寒四温ラーメン食つていいつすか

啄木忌日バブは溶け切る前に浮く

それなりに杉の花粉や杉並区

眠くなる薬真面目に鼻垂れて

仲春の黒ずんでゐるセロテープ

躁転の蛙よ雨はどしやぶりに

学生の頃からの髭木の芽風

悼む加藤好弘
高笑ひ響かせ白木蓮の空

水戸
梅林や鬼にも仙人にもなれる

鳥雲に千本の木の万の花

入り口が東西にある梅の庭

座布団を重ねた枕春の昼

春うらら宴会場で雑魚寝して

伊香保

バスで行く湯治の旅や紫木蓮
防音が甘い温泉街おぼろ
釣り銭が散らばつてゐる春炬燵
花疲れテレビをつけたまま眠る
期待よりエッチな映画春の風邪
ビニールに見えない穴や潮干狩
癒し系グッズを捨つる花疲れ

海老チリを一匹残す新社員

新社員かみそり負けに気づかない

新しい感じがしない新社員

春昼のパスタの上のハンバーグ

花冷えの麻雀牌の彫り深し

行くときに作つてしまふ花見の句

春昼の探すと見つからないポスト

湯がたまるまでは朝寝の塊に

汚れ方違ふ枕が二つ春

風のつく名前の欲しき雪柳

風光る逃亡向きの地味な顔

ふらここの錆の匂ひを故郷とす

菜の花の遠景からのキスシーン

朧夜の湧いても試さざる殺意

春の風邪食器洗ひつ見る映画

通勤で使ふ体力花の冷え

犬ふぐり西東京の西の方

春の蚊と消しゴムすぐに見失ふ

朝寝して口内炎に口内炎

図書館で肩をもまれてゐる春暁

田楽や山頂にある県境

苗木市キーマカレーを外で売る

信号でちよつと走つてゐる遍路

連休の家族を避けて沈丁花

愉快なる激辛飯や五月来る

家でする仕事が二、三柏餅

バタヤンの異常な元気夏に入る

薔薇色の人生

さーて、ブラジャーつけて寝よ。

湯上りの爪やはらかく五月来る
緑蔭の下にこだはるゴミ拾ひ
火で水で薬で蠅を追ひつめる
部屋中をぶつ壊す気で蠅を追ふ
母の日やレディースローンに天使の絵
新緑のまぶしいときを見てしまふ
プルタブで手を切ることも誕生日

横向きの人生リーチ宣言牌

薔薇の名を考へてゐる昼休み

湿布貼る涼しい夢が見れるやう

冷蔵庫の中は暗かろ麵のつゆ

まだ浅き夏はなにかときざみ海苔

ハツモノのごきぶり明るい茶して

夏木立危なかつしい場所が好き

クーラーを顔が探して総武線

滅びゆくものの匂ひや缶ビール

山開き事故をなかつたことにする

ゐたことは覚えてゐるよ緑の夜

ほうたるを初めて見たといつてゐた

花火には酒飲みながらつきあつた

騒ぐのも騒がれるのも暑苦しい

茶の間からが巨人が消えて蚊遣香
クーラーが綺麗な古い神社かな
ワンピース濡らして金魚持ち帰る
ハンカチを小さく使ふタコ社長
牛丼をかつこむホスト梅雨湿り
締め切りを二本抱へて昼寝せり
連打するRのボタンビアホール

とことんは酒豪の言葉夜涼し

悼む小島武夫

雷の中駆け抜けてゆく手順かな

くらがりで蹴飛ばしたのが扇風機

野球部が来たら万引きだと思へ

草むしり終へたらダッシュ二十本

死にたいが口ぐせ金魚に餌落とし

約束をすぐに忘れて海開き

脇汗の広がりとんでもない範囲

素裸でトイレを終へたとき違和感

不幸には愛されてゐる雲の峰

炎天の真つすぐな道真つすぐに

風鈴が風をつかまへても会へず

発見を落としてしまふ滝の前

青蔦は己を過信して伸びる

靴擦れの綺麗なピンク山開き
色気なき大盛カレー夏盛ん
黒い水着に声をかけたら怒られた
白い水着に声をかけたら無視された
赤い水着に声をかけたらついてきた
ピンクの水着に声をかけたら僕だつた
当然のやうに外れるアイスかな

お迎へが来ない葉裏の蝸牛

独房に空きができました天の川

平塚

ヤンキーがゐないと祭らしくない

そこそこの焼き蕎麦誰が作つても

浴衣着て浴衣の人をナンパする

七夕や遊びつかれて一人寝る

昔から網戸についてゐた死骸

ばらばらになつても脚がかなぶんだ

お祭りの準備佳境に入る昼寝

参拝に違和感のなきアロハシャツ

涼風は涼しい場所に吹いてゐる

小便が乾く速度で動物園

新宿も渋谷も池袋も暑い

造り滝いまは汚い水である

隕石は宇宙のウンコ捕虫網

汗を拭く竜王戦の顔をして

熱海

貫一がお宮を蹴りし片陰り

沖を見る人を見てゐる夏夕べ

日が落ちて確かに海でありし場所

扇風機ばかりが四台ある食堂

海の日の足のつかない深さかな

熱川

炎天の鰐園にある怠さかな

マナティーの余生の長き油照り

豚キムチ丼暑さには慣れろ

怪我をしたサンダル怪我のあとも履く

葬儀屋に気を遣ひつつ水を打つ

ナイターのいやな予感はよく当たる

勝敗は別にビールの半額デー

カジノ法案バイトの時間増やさなきや

噴水に煽られてゐる射幸心

暑さしか話題にならぬ打合せ

平家蟹よりも酸つぱい顔をする

なんとなく踏まれて蟻の最期の日

打水や猫と遊んでやりもして

金魚売の転ぶシーンを妄想す

筆名で予約してある納涼船

目に星を入れてグラビア嬢は脱ぐ

宇宙から全裸に見えるビキニかな

刀狩私をビーチに連れてつて

タクシーで帰つて来たなバカ息子

店員が水着のGSには寄らない

夏風邪や浜に鯨が転がつて

健康に見えないけれど日焼け顔

花火する場所を探して他県まで

蟬を捕る約束だけが甦る

捕まらぬ程度に賭けて甲子園

公園は三角ばかり秋の雨

生シラス丼のシラスの眼に水着

打ち水の水を海から汲んで来る

誰かしらゐるはず夏の江ノ島は

コンセント砂まみれなる海の家

恋人も知らない水着の柄がある

のど自慢予選会場アロハシャツ

遠花火電話でマネージャーが泣く

冷蔵庫の小さくなつてゐた実家

蟬時雨洗面台の張り出して

風俗のお前も帰省中なのか

涼風にとろりと旅の疲れかな

傷みたる箇所を隠して桃供ふ

秋晴れの縁もゆかりもない神社

さはやかに酸味ばかりのヨーグルト

味付海苔袋と一緒に破れたる

パトカーを盗むとしたら海のあと

品名のなき松茸のやうなもの

割り箸に秋の香りの立ちにけり

駅名に西や南や青芒

悼むさくらももこ

水平に星飛んでゆくまるこの忌

豊作に囲まれホテルエンペラー

長き夜の音符のやうな体位かな

火葬場

焼き方はカルビで。　村田英雄

繰り返す身辺整理長き夜

虫鳴くや生きろといふ語鬱陶し

虫籠は死んだら次の虫が来る

死にたいと思ふ時間が長い夜

キリギリスKILLと殺すで出来てゐる

ひと夏を越した花火をする試算

秋の蚊を打ちて手ごたへなき命

オフに稼ぐ松坂大輔そぞろ寒

秋さぶやパンツが脱いである廊下

腹痛が痛いセプテンバーイレブン

ばあちゃんの露骨な贔屓栗ご飯

柴刈も洗濯もなき敬老日

ミネストローネは秋色の寄せ集め

紅葉鮒振り返るたび怖くなる

弁当は仔猫の重さ秋桜

立ち食ひの重心変へて秋の雨

飛行機に乗つてゐるけど天高し

翼持つ同士の会話さはやかに

秋気澄む犀の眼の変な位置

祖父の遺骨を齧ってみた。

味気なき骨の余熱の残りたる

たつぷりとひとの死にふれ秋気澄む

数ふれば少なき家族鳥渡る

骨壺の丸みを抱いて虫の夜

天丼は南瓜から食ふ慎重さ

ケチャップの乱暴な色鳥渡る

ハイボール二杯の酔ひが月の嵩

コンタクトレンズをつけるときに咳

美味いから試してみなよ毒キノコ

ぐぼぐぼとカレーを煮込む文化の日

秋惜しむパーカーの紐ひつぱつて

腹筋を鍛へる電気夜長し

銃乱射事件と聞いて厚着せり

そして祖母も。奇しくも健さんと同じ忌日。

手袋を脱いで訃報を確認す

たまに来るメールは訃報冬の朝

斎場の予約おでんをあたためて

ムール貝解凍すれば祖母が減る

祖母を焼くボジョレー・ヌーボー解禁日

出棺の車を待ちぬ冬の梅

冬晴れやこんもりと祖母焼き上がる

食券を買ひ間違へて霜の朝

芽キャベツを入れると料理がプロつぽい

マフラーをかける場所なき屋台かな

風邪といふ身近なものをちやんとひく

休場の力士人参よく洗ふ

「このクイズ知つてる」蜜柑剝いてゐる

金券ショップにマスクの人のしやがみこむ

満月が舌出してゐる談志の忌

血液が蒼くなるまで冬眠す

盛り付けが豪華でまづいクリスマス

悼むダイナマイト・キッド
ダイビングヘッドバットが一〇八つ

河口湖
焼き芋の匂ひのやうな冬の湖

富士山がプリンに見えるまで歩く

祝majocco『薔薇を脱ぐ』
唇に棘突き刺さる冬薔薇

痛風の暇持てあます討入日

すぐそばに老後来てゐる日向ぼこ

ミニツリーピアノの上に置くサイズ

クリスマスソングふられる歌ばかり

まだ何もかかつてゐない牡蠣フライ

クリスマス仕様になつたバニラカー

ストーブにバスクリンの香がついてくる

バーに立つポインセチアの土拭いて

忘年会同期が飛んだ話など

冬将軍ちよつとやり過ぎだと思ふ

年用意料理が失敗してへこむ
凍星とおんなじ位置に口内炎

佐藤文香『そんなことよりキスだつた』

そんキスが読み納めなるそんな年

呆けて死んだ祖母はずつと面倒臭いと呟いてゐた。
生きるのは面倒臭いことなんだらうなあ。

Ⅲ

二〇一九年

風邪日和

いい天気だな。入院しよう。

書初めは墨刷りかけて寝てしまふ

お雑煮の底に沈んでゐる豊富

目が覚めてしまつたからは初仕事

タバコ代程度は残し初詣

駅伝を見ない自由のありにけり

正月に列なしてゐる日本人

粉雪や小さな屋根のある足湯

一撃で四月に日捲りカレンダー

初夢の頬に残りし蹄跡

門松をそのまま回収する荷台

駅前で寝てゐることと冬眠と

ホチキスの芯の切れたる初芝居

縄跳びの誰にも近づきたくなくて

鏡開きに呼ばれる無名の演歌歌手

今年まだゐないお餅で死んだ人

薬局の白さの残る洋菓子屋

枇杷の花水道代が払へない

対局が長引いてゐる咳の中

雪合戦顔に当てられたら怒鳴る

開けたての七味の香り大試験

長野から届く手紙や雪恋し

大寒の半開きなる乾物屋

雪原を跳び跳ねること今はせず

銃声を声援にして冬の街

熊本から竹田へ

熊本の雲のぶ暑き枯野原

うとうととすれば雪降るバスの旅

暖色に白を加へて雪の阿蘇

雪道はどこかに売られてゆくやうで

除雪車の攻撃力を基準とす

ロケ弁にちらちら混ざる春のもの

アイドルがゐたあたりにも豆を撒く

足元に鳩寄つてくる梅の昼

隠し子に春節ぐらゐ教へとこ

浅春の皿をこぼるる柿の種

葱畑同じ高さに絶望す

ふらここがぽつんと見えてあと畑

伊香保ストリップ劇場

パンティーをかぶされてゐる春隣

魚は氷に上る足裏マッサージ

浅春の紐ごと落とすティーパック

吸殻と目ヤニとバレンタインデー

涅槃図に入りきれない麦粒腫

横転の軽トラバレンタインデー

春泥のやうなおほらかさはどこに

春の夜の人恋しさを濁り湯に

君を抱く夢を見てゐる春の昼

温室のおほざつぱな木の大きな葉

木漏れ日を拾ひ集めて春の水

山なりの返球が来る春の虹

麦粒腫悪化

春昼のオペ室に満つモーツァルト

我を斬る工具が並ぶ春の昼

簡単な手術囀り聴くやうな

眼帯をとれば光やこれが春

ジャマイカを驚かしたる桜餅

中華屋の床ぺたぺたと春暑し

朧夜のシーツは魚のゐない海

啓蟄のいきなりパリにきてしまふ

ガーゼごと傷口乾く春の泥

新社員担々麵は全部飲め

一週間かけておでんを食べ終る

ふらここで性交したくなる陽気

本当は傷ついてゐる春の海

祖父母納骨

骨壺を二つ並べて山桜

木蓮やセットで仕舞ふ老夫婦

古書店がしまると春の月が出る

うららかやビフィズス菌が腸で死ぬ

僕含めなんでもあげるホワイトデー

ギャンブルはしづかな自殺花便り

ふらここに暗くなるまで乗つてゐた

治つたら行くよ卒業おめでたう

二時過ぎの不安を集め紫木蓮

病人が散らばつてゐる春の闇

休んだら貯まる仕事や浅蜊汁

糸遊や鳥葬の意のトンパ文字

どの花を撮つても墓の写り込む

遠足の疲れて列の長くなる

春分のピザが上手に分けられない

文人の寝癖のやうな花曇り

夜桜や酔ひの数だけゴミの数

花冷えのここでやらなくてもいいゲーム

鬱になる前にやめちやへ新社員

ラーメンに野菜を足して春休み

汚くて安くて花が見える店

春めくや国民栄誉賞辞退

ぺしやんこになつた蛙に残るバネ

満開の反対ホームにある便所

桜咲くだけの公園ありにけり

名所とは呼ばれてゐない花の山

薙刀に巻き付けてある春ショール

大仏に気づいてゐない紋白蝶

悼むケーシー高峰

花冷えの折りながら書くチョークかな

野遊びの景色となつて戻り来ず

独り言だけで伸びてるつくしんぼ

遠足の子の舌打ちとすれ違ふ

酔つぱらつて君を抱きたい花びらだ

読み飛ばす古典のページ猫の恋

惰性で買ふ最終レースこどもの日

我が歩幅越ゆることなき蜷の道

平和とは男の使はない乳首

ロッカーに吊らるる白衣花疲れ

てんむすの海老の尻尾と春惜しむ

平に成らず

変身したら強くなるはずだつた。

タピオカは哀しみの粒春深し

伝票がシューターで来る朧の夜

見送りのキスはおでこに退位の日

令和元年五月一日二日酔

吹流し田んぼの風は目に見えて

つちふるや同じ形の家並ぶ

揚げ物はとらない初夏のバイキング

新緑の乗り換へ時間たつぷりと

サンダルで銭湯に行くみどりの日

鯉幟泳ぐ気のない吊られ方

薔薇撫づる風のやさしくなりにけり

歩き煙草躑躅の赤に火を借りて

母の日の自分の記事を見つけたる

来宮神社

二千年前の緑を思ひをり

樹齢とは動かぬ長さ風薫る

パワースポット飲めない水が湧く

小田原

葉桜や土塁に馬の香の残る

鯉肥やすばかりの城や夏盛ん

枝豆を汚く食つて明日は明日

平成の方がよかつた生ビール

ナイターや好きな選手の肉離れ

新郎の過去を通さぬ薔薇の門

一億の棘ある百万本の薔薇

ウクレレで粉々にする蝸牛

やけ食ひのきちんと冷やしてない素麺

同伴のノルマの足りぬ浴衣かな

好きで好きで仕方なかつたかき氷

パクチーを刻んで夏を軽くする

冷やかしの語源の冷やし中華かな

夏祭余韻と呼んで二日酔

緑陰や自力で呼んで救急車

犯人がその場で自殺油蟬

エアコンの設置工事のすかしつ屁

半袖の看護婦アロマディフューザー

踊り場で寝てゐるやうな夏の朝

風鈴は口開けた鮫貧と鬱

駅弁の短き箸や缶ビール

ファントミラージュに夢中。

ココミおやすみ秘密の夏休み

夏野菜好戦的な色形

老いてみな皇居の躑躅の蜜になる

ナイターの敵ばかり打つホームラン

生ビール汚いヤジを続けざま

タピオカが体に悪かつたら爆笑

共感と反感薔薇のオーデコロン

別府

サングラスかけて親しき運転手

薫風や田舎はバスでつながつて

ニューがつく古きホテルや梅雨に入る

チャンネルが五つの県の梅雨に入る

砂風呂は海の重さや顔涼し

端居して食べないといふ選択肢

朽ちながら灯る蛍やギャンブラー

ごきぶりも下級天使も翼持つ

わたくしを死体と思ふ天花粉

十薬を刈らない庭は何かある

寝冷えだろ僕と一緒にゐないから

玄関で死んでゐたのが兜虫

生きるのがいやで光つてゐる蛍

暗闇が怖くて飛ばなくなる蛍

一匹だけ光らない○○○●○蛍

そこになき畳が匂ふ団扇かな

少年の裸はポルノでなく活気

すべて自傷水に氷を入れるのも

伊東

紫陽花の顔の違ひや旅続く

梅雨時の疲れた海に会ひに来る

短夜のライチを載せたあとの染み

紫陽花に海を見てゐし記憶あり

折り畳み傘に暑さを折り畳み

瓜漬けやこれが湯疲れ旅疲れ

四十歳を過ぎた夏バテ恐ろしき

手首までポストに入れて梅雨晴間

我が訃報咥へて蜥蜴隠れけり

出張も旅も炎天下を一人

熱帯魚死ぬと綺麗な色になる

相席に花束置いて梅雨長し

曖昧なチーズの種類芙美子の忌

寝室の重き電飾渋団扇

食べられるとこが少ない夏料理

ブルーハワイ味も名前も嘘臭い

肝試し和尚に話はつけてある

テントウムシダマシの二倍忙しい

怒りたるゆゑに我あり楸邨忌

白シャツや海でつながる島と島

七人で開く大会船涼し

我れながらはしやぎ過ぎたる滝の前

顔以外全部濡らして水遊び

悼むジャニー喜多川

パラダイス銀河で先に待つてるぜ

四万六千日腹筋二十回

生きのいいなめくぢだから動かない

捕虫網被れば枕の匂ひ充つ

旅館の雪駄沢蟹のところまで

オーシャンカップ

海の日の海にお金を捨てにいく

蟻地獄つまりさういふことである

素麺を茹でる昼ともいへぬ時

消費税10パーセント川床料理

投票のあとの外食蟬時雨

ひまはりが項垂れてゐる民主主義

噴水に色をつけたら悲劇的

洗つてないコップの味のする麦茶

スープカレー北海道が全部浮く

カルピスがいつも濃い目のサスペンダー

下家から出れば逆転明易し

梅雨明けてもう楽しみのない順位

炎天はテキーラベースの酒である

さんすけと梅雨明け予想が一致せり

日直が捨てる月曜日の金魚

昼寝してしづかに繋ぐ命かな

カロリーの塊を食ふ炎暑かな

境内の形に合はす踊りの輪

三尺寝己が重さに寄り添つて

草いきれみな三桁の背番号

飼ひ犬を叱り始まる夏休み

素裸にシャツかけてやり煙草吸ふ

何度でも賭ける命や炎天下

敗戦忌眼鏡のままで顔洗ふ

下書きす汗疹に薬塗りながら

旅嬉し西瓜の匂ひの天気雨

帰省してトムヤンクンを試食せり

昼までに百人分の芋をむく

ブーケトス受けても日本に居られない

野沢温泉

全景のさみしき夏のスキー場

振り返るたび消えかけの花火あり

風鈴が遠くに垂るる旅疲れ

夏休み最後の夜の干瓢巻き

サボタージュ

遊ぶために働き、働くために遊ぶ。

流星が始まる場所に間に合つた

新涼やネタとシャリとのわづかな間

村人が象に踏まれて天高し

富士山が見えない方の席も秋

包装を剝がさず破る秋刀魚寿司

秋澄むや中身の違ふ稲荷寿司

掃かれたる虫の死骸の付箋かな

茄子のトゲ築四十年の家

運動会カラスがびくつとして飛ばず

汝も我も蟹の匂ひの手で月夜

馬鹿だねえ

マスカット吸ふはなちやんに吸はれさう

台風が気になつてゐる手錠かな

生活の見えない秀句月涼し

村祭り水死の人を神様に

水風呂に顔つける馬鹿神の留守

秋の虹デモに突つ込む散水車

スナックの葡萄の濡れてゐることよ

豊年や荷台に村を詰め込んで

寝台車月のそばまで来て眠る

ふとん漂ふ出水の集合住宅地

ラグビーW杯

秋の雨死闘続きの男らに

運動会バケツを十個用意する

パパ活の相手が運動会にゐる

鯛焼きの尻尾の先の秋湿り

最初からなかつた巨人の星なんて

薄給や切れて絡まる蔦紅葉

黒マスク日本でうまく暮らすため

ハロウィンにまつたく協力しない店

交番の前で刺さるるハロウィーン
秋深む傘を押し戻されながら
ベッドから転がり落ちて文化の日
神様をブルーシートで包む冬
火事映すプラスチックの手錠かな
酉の市反対向きの竜と虎
人混みで熊手を買へなかつたなど

立ち飲みの背後を熊手通り過ぐ

ラグビーで検索をしたあとがある

狭くても座る着膨れ同士かな

別れると思つてゐない日向ぼこ

風邪薬たつぷり飲めばすぐ治る

即位の日五百円玉貯金箱

褞袍着て人生ゲームでも未婚

出火元不明のエンゼルハイムかな

鍋奉行よりも言ひたいことがある

不自由を楽しんでゐる蟹の爪

旅に出るやうに焚火を離れけり

団地妻シリーズ最新作に鮟

時計屋がダンケダンケと冬ぬくし

男子には人気ヒラメの養殖場

たっぷりと布団を掛けて寝る自愛

冬ぬくしバチカンからの偉い人

邪魔になる回収待ちの炬燵かな

投げつけるほどの重さのなきマフラー

冬の雨人を不幸にする政治

スリッパを揃へて書庫の寒さかな

忘年会余計な人がついてくる

冬眠の蛇が幾度も見たる夢

クリスマス光の暴力だと思ふ

締め切りに一句もなくてフェイクファー

匿名はなんでも言へる冬深し

十代と四十代のクリスマス

認めたくないけど風邪で年末で

撮り鉄が悴む指を見せ合つて

銭洗弁天に向け白き息

三塁で渡す花束虎落笛

高熱の射精まるごと命かな

冬賞与サプリは試せるだけ試す

悼む梅宮辰夫

立ち尿のシンボルちやんに湯気還る

亡妻のストールのある書斎かな

吃音の少年を買ふ寒の雨

初雪や幻覚作用のある薬

入金がありさうである年の暮

通勤のダイヤの乱れ息白し

天婦羅の白子のさめる早さかな

賀状書く修正液でべたべたに

リフトから降りるや雪を浴びせらる

駆け出しの婦警をいぢるクリスマス

一人欠け終はる麻雀けつねそば

あんかけや疲労が一年分溜まる

家出にも飽きて鉄棒冷たくて

湯を抜けば柚子の水位のさがりゆく

終電の次の電車は雪の中

手袋と指輪を買つて二千円

古傷をさすれば冬陽に猫がゐる

プレゼントあげたい人が遠征中

てつぺんをテープで補修する聖樹

丸鍋の水槽にゐる関係者

冬眠を強制させる組織かな

朝のない生活をしてシクラメン

煤逃げの初めて寄つてみる神社

数へ日のパックでいれてゐる緑茶

紅白を嫌ふ家庭に生まれたる

ポテサラの美味い雀荘大晦日

宿一つ予約し仕事納めかな

ホントにお終ひ。
どつかにいい女はゐねーかなー。

Special thanks　白石和彌

北大路 翼　きたおおじ・つばさ

新宿歌舞伎町俳句一家「屍派」家元。「街」同人。砂の城城主。1978年5月14日、神奈川県横浜市生まれ。種田山頭火を知り、小学5年生より句作を開始。2011年、作家・石丸元章と出会い、屍派を結成。2012年、芸術公民館を現代美術家・会田誠から引き継ぎ、「砂の城」と改称。句集に『天使の涎』（第7回田中裕明賞受賞）、『時の瘡蓋』、編著に『新宿歌舞伎町俳句一家「屍派」アウトロー俳句』『生き抜くための俳句塾』『半自伝的エッセイ 廃人』。

Twitter：@tenshinoyodare
連絡先：shikabaneha@gmail.com

見《み》えない傷《きず》

2020年6月10日　初版第一刷発行

著者　北大路 翼

発行者　伊藤良則

発行所　株式会社 春陽堂書店
〒104-0061
東京都中央区銀座3-10-9 KEC銀座ビル9F
https://www.shunyodo.co.jp
電話　03-6264-0855（代表）

装丁　内川たくや（UCHIKAWADESIGN Inc.）

印刷・製本　惠友印刷 株式会社

編集担当　浦山優太

本書へのご感想は、contact@shunyodo.co.jpにお寄せください。

ISBN 978-4-394-99002-4　C0092

北大路翼
廃人
半自伝的エッセイ　廃人
HAIJIN
TSUBASA Kitaoji
春陽堂書店